Milan Kundera

米兰·昆德拉

马振骋——译

La fête de l'insignifiance

庆祝无意义

ŒUVRES
DE
MILAN
KUNDERA

上海译文出版社

图书在版编目（CIP）数据

庆祝无意义 /（法）米兰·昆德拉（Milan Kundera）著；
马振骋译. —上海：上海译文出版社，2018.12（2023.9重印）
（米兰·昆德拉作品全新系列）
ISBN 978-7-5327-7980-2

Ⅰ. ①庆… Ⅱ. ①米… ②马… Ⅲ. ①中篇小说—法
国—现代 Ⅳ. ①I565.45

中国版本图书馆 CIP 数据核字（2018）第 227778 号

Milan Kundera
La fête de l'insignifiance

图字：09-2014-339 号

庆祝无意义
La fête de l'insignifiance

MILAN KUNDERA
米兰·昆德拉 著
马振骋 译

出版统筹 赵武平
责任编辑 周 冉
装帧设计 董茹嘉

上海译文出版社有限公司出版、发行
网址：www.yiwen.com.cn
201101 上海市闵行区号景路159弄B座
杭州宏雅印刷有限公司印刷

开本 890×1240 1/32 印张 4 插页 5 字数 35,000
2018 年12月第 1 版 2023 年 9 月第 7 次印刷

ISBN 978-7-5327-7980-2/I·4911
定价：58.00 元

目 录

第一部分

主角出场

阿兰
对着肚脐出神

这是六月，早晨的太阳露出云端，阿兰慢慢走过巴黎一条马路。他观察那些少女，她们个个都在超低腰长裤与超短身T恤之间露出赤裸裸的肚脐。他迷惑了；迷惑了甚至心乱了：仿佛她们的诱惑力不再集中在她们的大腿上、她们的臀部上、她们的乳房上，而是在身体中央的这个小圆点上。

这引起了他的思考：如果一个男人（或者一个时代）在大腿上看到女性的诱惑中心，怎样描述和定义这种情色导向性的特点呢？他即兴作出一个回答：大腿的长度是道路的隐喻形象，修长而又迷人（这说明为什么大腿要长），它引导走向情色的终点；确实，阿兰心想，即使在交媾中途，大腿的长度也让女人具备令人不可接近的浪漫魔力。

假若一个男人（或者一个时代）在臀部看到女性的诱惑中心，怎样描述和定义这种情色导向性的特点呢？他即兴作出一个回答：粗暴；快活；以最近的道路走向目的地；况且这是个双重目的地而更加刺激。

假若一个男人（或者一个时代）在乳房看到女性的诱惑中心，怎样描述和定义这种情色导向性的特点呢？他即兴作出一个回答：女性的神圣化；圣母马利亚给耶稣喂奶：男性器官匍匐在女性器官的高贵任务前。

但是怎样定义一个男人（或者一个时代）的情色，当他（或它）在人体中央肚脐上看到女人的诱惑中心呢？

拉蒙
在卢森堡公园散步

阿兰正在对女性诱惑的不同源泉进行思考时，差不多在同一时间，拉蒙就在离卢森堡公园不远的博物馆前面，博物馆展出夏加尔的作品已有一个月。他要去看，但是队伍慢慢向着售票处移动，他事前知道自己没有力量心甘情愿变成长蛇阵的一部分；

他观察这些人，观察他们因厌烦而麻痹的面孔，想象展厅内那些展品全被他们的身体与闲聊遮蔽，以至一分钟后他别转身子，走上横穿公园的一条小路。

那里的氛围较为愉悦；人显得更少更自由：那里有人在跑，不是他们有急事，而是他们爱跑；那里有人在散步，在吃冰淇淋；那里草地上有一所亚洲学校的学生在做奇怪缓慢的动作；更远处，在一个巨大的圈子里，有法国王后和贵族夫人们的白色大雕像，更远处，在树林中间的草地上，在公园的各个方向，有诗人、画家、学者的雕塑。他停在一个晒黑的少年面前，少年长得俊秀，穿着短裤，身子赤裸，要塞给他巴尔扎克、柏辽兹、雨果、大仲马的面具。拉蒙不禁露出笑容，继续在这座天才的公园里闲逛；这些天才谦逊不张扬，四周是和气冷淡的散步者，大约觉得自由自在很惬意；没有人停下来看一看他们的面孔或读一读基座上的铭文。这份冷淡让拉蒙感受到平静与安慰。渐渐地，在他脸上露出长时间几乎是幸福的微笑。

癌症

没有生成

拉蒙放弃夏加尔画展，选择在公园里闲逛，差不多在同一时间，达德洛正在上楼梯，去他医生的诊所。那一天，恰好是他生日前三星期。已经有好几年，他开始憎恨生日。因为数字紧跟着一起来。可是，他没法拒之门外，接受庆贺的幸福胜过了年华老去的羞惭。尤其这一次到诊所随访，给节日增添一种新的色彩。因为今天他可以知道全部的检查结果，将会告诉他身上发现的可疑症状是不是癌症引起的。他走进候诊室，内心有个抖抖索索的声音在说个不停，三星期后，他将同时庆祝他那么遥远的生日和那么逼近的死期；他将庆祝这个双节日。

但是一看到医生笑眯眯的脸，他知道死神已经自动爽约。医生跟他友好地握手。达德洛含泪欲滴，说不出一句话。

诊所坐落在天文台路，离卢森堡公园约莫二百米。达德洛住在公园另一边的一条小街上，他要再横穿过去。他心情不错，在草木中散步，尤其是要绕过法国旧王朝王后雕像组成的大圆圈提起了他淘气的兴致。都是用白色大理石雕成的立像，姿态庄严，在他看来虽则不是傻乐，也是可笑，仿佛这些贵妇人欲要欢呼他刚获知的好消息。他控制不了自己，举手向她们致敬两三回，放声大笑。

暗藏在
重病中的魅力

这是离贵妇人大理石雕像不远的一个什么地方，拉蒙遇见了达德洛，一年前他们还是在一家名字不会让我们感兴趣的机构内做同事。他们俩面对面停下，在日常寒暄后，达德洛奇怪地拔高了声音，开始说：

“朋友，您认识拉弗朗克吧？两天前，她的情人死了。”

他停顿了一下，拉蒙的记忆中出现一个著名的美女的面孔，他只是在照片上见过。

“死得非常痛苦，”达德洛继续说。“她自始至终陪着他。啊，她真受了苦！”

拉蒙出了神，瞧着这张脸高高兴兴地叙述一个死人故事。

“您想想，那天早晨他在她怀里死去，当天晚上她跟几位朋友和我吃晚饭，您不会相信，她几乎是很开心！我欣赏她！那种力量！那种生命之爱！哭红了眼睛照样还笑！而我们大家都知道她多么爱他！她为此受了多少苦啊！这个女人真了不起！”

完完全全像一刻钟前在诊所一样，泪水在达德洛眼眶里闪闪发亮。因为说起拉弗朗克的精神力量，他想到了自己。他自己不是面对死神生活了整整一个月吗？他的性格力量不是也经受了艰苦的考验吗？癌症即使已变成一个平常的记忆，依然跟着他，像一盏小灯的光，神秘得让他看了入迷。但是他成功控制了自己的感情，转入一种平淡无奇的语调说：“有件事，要是我没记错，您认识人知道怎么组织鸡尾酒会，张罗餐饮什么的。”

“是的，”拉蒙说。

达德洛：“我要给自己的生日办个小小的庆祝会。”

说到著名的拉弗朗克时很激动，最后一句话又说得轻描淡写，这让拉蒙微微一笑：“我看出您过得很快乐。”

奇怪的是达德洛听了这话并不高兴。死亡的回忆始终滞留在他心中，夸张的表述也奇妙地显示他的好心情，而今他过于轻描淡写的语调，仿佛破坏它的怪异之美。“是的，”他说，“还可以吧。”然后他停顿一下又说：“……即使……”

他又停顿一下，然后：“您知道，我刚去看过医生。”

他的对话者脸上的为难表情教他喜欢；他不声不响，拉蒙只得问他：“怎么样呢？有问题吗？”

“有啊。”

达德洛又闭上嘴，拉蒙只得再问他：“医生跟您说什么了？”

这时候，达德洛在拉蒙眼睛里就像在一面镜子里看到自己的脸：一个已经上了年纪的人的脸，但是依然英俊，透出一丝愁意，这使他更加吸引人；他心里说这个带愁意的美男子即将庆祝他的生日，他去随访医生前存在的念头又从头脑里钻了出来，生与死双节日同时庆祝的美妙念头。他继续在拉蒙的眼睛里观察自己，然后，他声音非常镇静、非常温柔地说："癌……"

拉蒙结结巴巴说了些什么，笨拙地、友爱地用手去碰达德洛的手臂："还是可以治的……"

"可惜太晚了。不过把我刚才跟您说的话忘了吧，不要对谁去说；还是想想我的鸡尾酒会。应该活下去！"达德洛说，在继续走他的路之前，举手打了个招呼，这个悄悄的但是亲密的动作有一种意料不到的魅力，令拉蒙感动。

不可解释的谎言，
不可解释的笑

两位老同事的相遇以这个美妙的动作结束。但是我不能回避一个问题：达德洛为什么要撒谎？

这个问题，达德洛不久以后也对自己提出，他自己也不知道怎么回答。不，他并不为撒谎而难为情。令他诧异的是，他没有能耐去理解撒这个谎的道理。按常理，撒谎是为了欺骗某人，

从而得到某种好处。但是他编造一场癌症又有什么可赢的呢？奇怪的是，他想到自己没什么道理撒谎禁不住笑了。这笑，也同样令人大惑不解。他为什么笑？他觉得自己行为有趣吗？不，理解有趣本来也不是他的强项。就这样，不知道为什么，他想象中的癌症教他高兴。他继续走自己的路，继续笑。他笑，为自己的好心情感到高兴。

拉蒙
在夏尔家做客

跟达德洛见面后一小时，拉蒙已经在夏尔家了。“我给你带来一瓶鸡尾酒作为礼物，”他说。

“好哇！今年会用得着，”夏尔说，邀请朋友坐到他面前的一张矮桌子前。

“礼物给你。给凯列班。咦，他在哪儿？”

“他还能在哪儿？在家，跟他妻子在一起。”

“我可希望鸡尾酒会上他与你一起。”

“当然。剧院一直没把他当回事。”

拉蒙看到桌上放了一部颇厚的书。他俯下身，不能掩饰惊讶的神情：“尼基塔·赫鲁晓夫的《回忆录》。怎么一回事？”

“是我们的老师给我的。”

“但是我们的老师，又能在里面发现什么有趣的东西呢？”

“他给我划出了几个段落。我读了，是很好笑的。”

“好笑？”

“二十四只鹧鸪的故事。”

“什么？”

“二十四只鹧鸪的故事。你不知道吗？可是时局就是从这里开始大变的！”

“时局大变？这么严重？”

“就这么严重。不过，告诉我，什么鸡尾酒会，在谁的家里？”

拉蒙向他解释，夏尔问：“达德洛是谁？跟我所有的客户一样的笨蛋？”

“是的。”

“他的愚蠢属于哪一类？”

“他的愚蠢属于哪一类……”拉蒙重复着，若有所思的样子，然后说：“你认识卡格里克吗？”

拉蒙
对高明与无意义的讲解

“我的老朋友卡格里克，”拉蒙继续说，“是我认识的最花心的男人之一。有一次，我参加一个晚会，达德洛与他两人都在那里。他们相互不认识。只是碰巧都来到了那个挤满人的客厅，达德洛甚至可能没注意到我的朋友也在。那里有非常漂亮的女人，达德洛为此疯狂了。他准备不论做什么也要吸引她们的注意。那天晚上，他真是妙语连珠，冲口而出。”

“伤人吗？”

“完全相反。他即使讲笑话也很讲究道德，乐观，掌握分寸，同时语言雅致，用词严密，很难理解，以至引人注目而又不立即有反响。必须等上三四秒钟，他才放声大笑，然后再耐心过几秒钟，其他人才明白过来，有礼貌地跟他一起笑。正当大家开始笑时——我请你欣赏这里的微妙之处——他变得一本正经；好像满不在乎，还可以说是无动于衷，他观察那些人，自己暗中虚荣地对他们的笑声感到得意。卡格里克的行为完全相反。他不是一声不出。当他跟大家一起时，他声音很低，不停地念念叨叨在说什么，更像吹哨而不是说话，但是他说什么都不会引人注目。”

夏尔笑了。

“别笑。说话而又不引人注目，不容易！一直在人前讲话，而又不被人听在耳朵里，这需要精湛的技艺！”

“精湛的技艺，这意思我不能领会。”

“沉默引人注目。它给人留下深刻印象。教人高深莫测。或者疑神疑鬼。这实在是卡格里克要避免的事。就像在我对你说的那场晚会上。那次有一位大美人教达德洛很入迷。卡格里克一而再、再而三跟她搭讪，说的事稀松平常，毫无趣味，没有一点意思，但是教人舒服的是不用对它作出任何聪明的回答，不需要丝毫才智。过上一段时间，我看到卡格里克已不在那里。我怀着好奇心观察那位夫人。达德洛刚好说出他的一句俏皮话，后面跟着五秒钟沉默，然后他放声大笑，又过三秒钟之后，其他人模仿他。这时候，那个女人在满堂笑声的隐蔽下，朝出口走去。达德洛见到自己的俏皮话引起了反响很得意，继续卖弄嘴上功夫。稍后他注意到美人已经不在。因为他一点不知道有个卡格里克存在，他无法向自己解释她的失踪。他一点都不明白，直到今天他还是一点都不明白无意义的价值。这就是我对达德洛的愚蠢属于哪一类的回答。”

“高明就是无用，是的，我懂。”

“比无用更差。不老练。当一个高明的人试图勾引女人，这个女人就觉得在进行竞争。她觉得自己也必须高明。不能不作抵抗就投降。而无意义解放了她。让她摆脱提防之心。不要求动任何脑筋。让她无忧无虑，从而更容易俘获。但是这事不谈。跟达德洛，你不是跟一个无意义的人打交道，而是跟一个那喀索斯打交道。注意这个词的确切含义：一个那喀索斯，不是一个骄傲的人。骄傲的人轻视别人。低估别人。那喀索斯高估别人，因为他在每个人眼睛里观察自己的形象，要美化它。于是他对待所有的镜子都很贴心。这对你们两人很重要：他贴心。当然，对我来说他更是个趋炎附势的人。但是即使在他与我之间，有些东西已经改变了。我听说他病得很重。从那时起，我对他有了不同看法。”

“病？什么病？”

“癌。我发现自己听了那么难过也很惊讶。他可能没几个月可活了。”

然后，他停顿了一会，说：“我是被他对我说话的方式感动的……简单明了，甚至不好意思……毫不矫揉造作，孤芳自赏。骤然间，可能也是第一次，我对这个笨蛋感到一种真正的同情……一种真正的同情……”

第二部分

木偶剧

二十四只

鹧鸪

过完漫长辛苦的白天，斯大林喜欢跟他的合作者再待上一会儿，休息中给他们说说自己生活中的小故事。比如说下面这个：

一天，他决定去打猎。他穿上一件旧派克，系好滑雪板，拿起一支长猎枪，跑了十三公里。这时候，他看到前面一棵树上停着几只鹧鸪。他停步，数了数。二十四只。但是运气不好！他身上只带了十二发子弹！他开枪，打死了十二只，然后转身，走十三公里回家又拿了十二发子弹。他再走上十三公里，又找到了那些鹧鸪，它们还停在同一棵树上。他终于把它们都打死了……

“这个故事你喜欢吗？”夏尔问凯列班，凯列班笑：“要是这个故事真的是斯大林对我讲的，我会鼓掌！但你是从哪儿听来的？”

“我的老师送了我这部书作为礼物，很久很久以前在法国出版的赫鲁晓夫的《回忆录》。这个鹧鸪的故事斯大林对他们的小圈子怎么说的，赫鲁晓夫也照样怎么说。但是根据赫鲁晓夫的说法，没有人像你这么反应。没有人笑。斯大林讲的事，大家——没一个例外——都觉得荒谬，对他的谎言都觉得厌恶。可是他们都不出声，只有赫鲁晓夫一个人有勇气对斯大林说出自己的想法。你听！”

夏尔翻开书，高声慢慢念：“‘怎么？这些鹧鸪都没有离开树枝，你真是这么说的吗？’赫鲁晓夫说。

“‘一点没错，’斯大林回答说，‘它们还停在老地方。’

“但是故事没有结束，你要知道他们工作一天后，都要到浴室去，一间大厅，也作为盥洗室使用。你想想。一面墙前一长排小便池，对面墙上一长排洗手池。小便池形状像贝壳，陶瓷材料，都上了彩釉，有花朵作为主题装饰。斯大林集团的每位成员都有自己的小便池，由不同的艺术家设计和签名。只有斯大林没有。”

“斯大林上哪儿去撒？”

“在一个独立的小间，在大楼的另一边；由于他单独撒尿，从不跟他的伙伴一起，伙伴们在盥洗室里感到了神圣的自由，终于敢高声说出他们在领袖面前不得不忍住的话。尤其那天斯大林给他们讲了二十四只鹧鸪的故事。我还是再给你引述赫鲁晓夫的话：‘我们在浴室里洗手时，轻蔑地吐唾沫。他撒谎！他撒谎！我们中间没一个人不怀疑。’”

“这个赫鲁晓夫是谁？”

“斯大林死后几年，他当上了苏维埃帝国的最高领袖。”

停顿了一会，凯列班说：“这整个故事里唯一教我难以相信的是，竟没有人明白斯大林是在说笑话。”

“当然，”夏尔说，他把书放在桌子上，“他周围已经没有人知道什么是笑话。就是因为这个，在我眼里，一个新的伟大历史时期正在宣告它的到来。”

夏尔
想写一出木偶剧

在我这个无信仰者的词汇里，只有一个词是神圣的，那就是友谊。我让你们认识的四个同伴：阿兰、拉蒙、夏尔和凯列班，我爱他们。我对他们很有好感，这才使我有一天把赫鲁晓夫这部书带给夏尔，好让他们大家都乐上一乐。

这四人都听过了鹧鸪的故事，包括盥洗室那段精彩的终篇。有一天凯列班向阿兰抱怨："我遇见了你的玛德兰。我对她讲起鹧鸪的故事。但是对她来说只不过是关于猎人的一桩不可理解的轶事！斯大林这个名字，她可能隐约听说过，但是她不明白一个猎人怎么用这么个名字……"

"她只有二十岁，"阿兰柔声说，想袒护他的女友。

"要是我没算错，"夏尔插进来说，"你的玛德兰在斯大林死后约四十年才出生。而我出生不得不等到他死去十七年。而你，拉蒙，斯大林去世时——"他停下来算，然后，有点为难："我的上帝，你已经出世了……”

“惭愧，但这是真的。”

“要是我没弄错，”夏尔继续说，一直对着拉蒙，“你祖父跟一些知识分子一起签了一份请愿书，支持进步的大英雄斯大林。”

“没错，”拉蒙承认说。

“你父亲，我想，已经对他有点怀疑了，你那一代对他更加怀疑，到了我这一代他变成了罪犯中的罪犯。”

“是的，是这个样，”拉蒙说。“大家在生活中遇见了，闲聊、讨论、争吵，没有意识到大家都是在不同时代不同地点建立的一座座天文馆上远距离交谈。”

停顿一会儿后，夏尔说：“时间过得飞快。幸亏有了时间，我们首先是活着，也就是说：被人控诉、被人审判。然后我们走向死亡，我们跟那些认识我们的人还可以待上几年，但是很快产生另一个变化：死的人变成死了很久的死人，没有人再记得他们，他们消失在虚无中；只有几个人，极少数极少数几个人，还让他们的名字留在记忆中，但是由于失去了真正的见证人、真实的回忆，他们也变成了木偶……我的朋友们，赫鲁晓夫在他的《回忆录》中讲的故事教我着迷。根据这个故事写一出木偶剧，这个念头我就是挥之不去。”

“木偶剧？你不会要在法兰西喜剧院演出吧？”凯列班挖苦说。

“不会，”夏尔说，“假使斯大林与赫鲁晓夫的这个故事由真人演，那是在蒙人了。没有人有权利去装模作样重现一个已不在世的人的生平。没有人有权利凭一个木偶去创作一个人。”

盥洗室

造反

“斯大林的这些同志教我着迷，”夏尔继续说。“我想象他们在盥洗室里大喊造反！他们长久以来就是盼望这个美妙的时刻，终于能够高声说出他们的想法。但是有件事他们没有料到：斯大林在观察他们，他也同样迫不及待盼望这个时刻！他的小集团成员前去盥洗室的时刻，对他也是一大乐趣！我的朋友们，我看见他！他悄不作声，踮着脚尖，通过一条长走廊，然后把耳朵贴在盥洗室门上听。这些政治局的英雄，他们高叫，他们跺脚，他们咒骂他，而他，他听着，他笑。‘他撒谎！他撒谎！’赫鲁晓夫吼叫，他的声音响起回音，斯大林耳朵贴在门上，哦，我看见他，我看见他，斯大林很享受他的同志的义愤，他像个疯子那样仰天大笑，甚至没想到去降低自己笑声的音量，因为盥洗室里的那些人也吼得像疯子，在喧嚣声中不可能听到他的声音。”

“是的，这个你已经对我们大家都讲过了，”阿兰说。

“是的，这个我知道。但是最重要的，也就是斯大林喜欢反复向他小圈子的人讲二十四只鹧鸪的故事，什么是其真正的理由，我还没有对你们说呢。这才是我这出戏最出彩的情节。”

“什么理由？”

“加里宁。”

“什么？”凯列班问。

“加里宁。”

“这名字从没听说过。”

阿兰虽比凯列班年轻一点，但看书多，他知道：“肯定是那个人，德国有一座著名的城市，伊曼努尔·康德在那里度过一生，就是根据他的名字改的，今天这座城市叫加里宁格勒。”

这时候，从马路上传来一声喇叭声，响亮，不耐烦。

“我要走了，”阿兰说。“玛德兰等着我。下次再见！”

玛德兰骑着摩托车在街上等他。是阿兰的摩托车，但是他们轮着骑。

下一次，
夏尔
给他的朋友讲加里宁和普鲁士首都

“这座著名的普鲁士城市一开始叫柯尼斯堡，意思是‘国王的山’，只是在最近那次大战后它变成了加里宁格勒。‘格勒’在俄语里就是城市。因而也就是加里宁市。我们总算幸运而存活下来的那个世纪，发疯似的爱给城市改名。把察里津改为斯大林格勒，后来把斯大林格勒改为伏尔加格勒。把圣彼得堡改为彼得格勒，后来把彼得格勒改为列宁格勒，最后列宁格勒又改为圣彼得堡。把开姆尼茨改为卡尔·马克思城，后来卡尔·马克思城改成开姆尼茨。把柯尼斯堡改成加里宁格勒……但是注意：加里宁格勒留下来了，永远留下来了，不会再改了。加里宁的光荣将超越其他所有光荣。”

“可他是谁啦？”凯列班问。

“一个毫无实权的人。”夏尔说，“一个可怜无辜的傀儡，然而他很长时间是最高苏维埃主席，因而从名义上说是国家最高代表人物。我看过他的照片：一位老工人战士，留一撮尖尖的山羊胡子，穿一件裁剪很差的外套。那时加里宁已经老了，前列腺增生，逼得他经常要小便。总是突然强烈感到尿急，即使在官方宴席或在大庭广众面前发表演说，他也不得不急着奔向小便池。于是他练就一副真本领。直至今天，整个俄罗斯还记得一次盛大庆祝会，那是在乌克兰一座城市一家新歌剧院开幕典礼上，加里宁当时发表了一篇庄严的演说。他不得不每两分钟停一次，每次他一离开讲台，乐队就开始演奏民间乐曲，美丽的乌克兰芭蕾女演员登上舞台，开始跳舞。加里宁回到讲台时总是响起阵阵掌声；当他再离开讲台，掌声更响，欢迎金发芭蕾演员上台；随着他离开与回来的节奏愈来愈快，掌声变得更长更响更热烈，以至官方庆祝会转化成为苏维埃国家历史上从未见过的一场快乐、疯狂与狂欢的喧哗。

“可惜的是，当加里宁在小憩时回到他的同志的小圈子里，没有人准备鼓掌欢迎他撒尿。斯大林在讲他的生平轶事，加里宁严守纪律，没有勇气到盥洗室来来回回，妨碍他说话。尤其斯大林讲的时候目光自始至终盯住他，盯住他的脸，他的脸愈变愈苍白，扭曲成了个鬼脸。这促使斯大林讲得更慢了，添上一些描写、一些题外话，把结局拖延到他面对着的那张脸一下子松弛下来，鬼脸消失了，表情也平静了，头上笼罩一片平和的光轮；到了这个时候，斯大林知道加里宁又一次输掉了重要战斗，他这才迅速讲到结局，从桌前站起身，带着友好快活的微笑结束会议。其他人也站起身，不怀好意地瞧着他们的同志，他直着身子站在桌子或椅子后面，遮挡自己尿湿的长裤。”

夏尔的朋友都很高兴想象这个场景，凯列班停顿了一会才打断这有趣的静默：“可是，这丝毫没有说明斯大林为什么用可怜的前列腺病人的名字来命名那座德国城市，在那里住一辈子的是那位著名的……那位著名的……”

“伊曼努尔·康德，”阿兰向他提示说。

阿兰
发现斯大林被人误解的温情

一星期后，阿兰在一家餐厅（或是夏尔家里，我记不清了）又见到他的朋友们，他立即打断他们的闲聊：“我要对你们说，斯大林把加里宁的名字献给康德的那座名城，并不是不可解释的。我不知道你们可能找到什么样的解释，在我看来解释只有一个：斯大林对加里宁怀有一种特殊的温情。”

他在朋友脸上看到又惊奇又欢愉的表情很得意，甚至使他来了灵感：“我知道，我知道，温情这个词跟斯大林的名声不合拍，他是本世纪的路西法[①]，我知道，他的一生全是阴谋、背叛、战争、监禁、暗杀、屠杀。我对此没有异议，相反地我甚至要强调这一点，要把这件事弄得明明白白：面对他容忍的、干的、经历的那些数也数不清的伤天害理的事，在心灵上已不可能有同样巨大容量的同情了。这可是超出了人的能力！为了能够过他过的那种生活，他只能麻醉然后完全忘记他的同情功能。但是面对加里宁，在那些远离杀戮的短暂间歇，在那些闲聊休息的温馨时刻，一切都改变了：他面对的是一种完全不同的痛苦，一种小小的、具体的、个人的、易于理解的痛苦。他瞧着他的同志在受苦，他带着温和的惊觉，感到内心有一种微弱的、谦卑的、几乎陌生的，反正是已经忘怀的感情在苏醒：对一个受苦的人的爱。在他狂暴的一生，这个时刻好像是在缓口气。斯大林的心里温情升起，加里宁的膀胱尿憋加急，两者保持同一节奏。对斯大林来说，重新发现他长期以来早已停止体验的一种感情，有一种不可言传的美。

“把柯尼斯堡改为加里宁格勒，”阿兰又继续说，“这个奇怪的命名，我看这才是唯一可能的解释。这事发生在我出生前三十年，我还是可以想象那时的情境：战争结束了，俄国人把德国一座名城兼并到他们的帝国，必须用一个新名字使它俄罗斯化。不是随便起一个就可以的！必须采用一个响彻全球的名字，声势显赫令敌人无话可说！这样伟大的名字在俄国有的是！叶卡捷琳娜二世！普希金！柴可夫斯基！托尔斯泰！我不说那些征服了希特勒的将军们，他们在那个时代到处受追捧！那时候怎么理解斯大林选择这么一个庸才的名字呢？他怎么竟作出这么可笑的一个决定呢？对此只可能有几种私密与感情上的理由。我们知道这些理由：他温情地想到眼前这个为他受过苦的人，他要感谢他的忠诚，犒赏他的热忱献身。要是我错了——拉蒙，你

① Lucifer，又译路济弗尔，本意为光之使者，指启明星、晨星、金星。早期基督教以此来称呼堕落之前的撒旦。

可以纠正！——在这个短暂的历史时刻，斯大林是世界上最有权势的人物，这点他知道。他感到一种不怀好意的喜悦，要在各国总统与国王中间，成为唯一一位能够嘲弄雄才大略、勾心斗角政治的严肃性，唯一一位能够自作主张，作出一个绝对出于个人喜爱、随心所欲、缺乏理性、可笑之至、荒谬透顶的决定的人。”

在桌上放着一瓶打开的红酒。阿兰的杯子已经空了；他灌满，继续说：“现在对你们讲这个故事，我看到这里面有一个意义愈来愈深刻。”他喝了一口，然后继续说：“为了不弄脏自己的内衣而受苦……当上了清洁卫生的殉徒……击退在生、在涨、在前进、在威胁、在进攻、在憋死人的一泡尿……还有哪一种英雄主义更为通俗、更为人道呢？我才瞧不起我们那些名字给马路冠名的大人物。他们出名是来自他们的野心、他们的虚荣、他们的谎言、他们的残酷。唯有加里宁其名留在人们的记忆中，是纪念每个人都有过的一种痛，是纪念一场绝望的斗争，这场斗争除了对自己从未对他人造成过痛苦。”

他结束他的演说，大家听了都很感动。

一阵沉默后，拉蒙说：“阿兰，你说得合情合理。我死后，要每十年醒来一次，来证实加里宁格勒是否还是加里宁格勒。如果依然不变，我跟人类还是意气相投的，跟其重归于好后再回到我的坟墓里去。”

第三部分

阿兰与夏尔
经常想念母亲

第一次他感到肚脐的神秘，是他最后一次见到母亲的时候

阿兰在慢慢回家的途中，观察那些少女，她们个个都在超低腰长裤与超短身T恤之间露出赤裸裸的肚脐。仿佛她们的诱惑力不再集中在她们的大腿上、她们的臀部上、她们的乳房上，而是在身体中央的这个小圆点上。

我在重复自己吗？我在这一章开头用的词，跟我在小说开头用的词一模一样吗？这个我知道。但是即使我已经说过阿兰对肚脐之谜的热情，我也不愿意隐瞒这个谜一直教他关注的事实，就像你们也会几个月、几年关注同一些问题（肯定比阿兰牵肠挂肚的问题无聊得多）。在马路上溜达时，他经常想到肚脐，他并不在乎重复自己，甚至还带着一种奇怪的固执；因为肚脐引发他心中一个遥远的回忆：他与母亲的最后一次见面。

他那时十岁。他与父亲单独在一起，在一幢租借的别墅里度假，有花园和游泳池。这是她离别好几年后第一次到他们这

里来。他们——她和她的前夫——关在别墅里。气氛变得窒息，一公里外也能感受到。她待了多少时间？可能不超过一两小时，这期间阿兰自个儿想法子在游泳池里玩。他刚从水里出来，她停下步子跟他告别。她是一个人。他们之间说了什么？他不知道了。他记得起来的只有她坐在花园的一把椅子上，他穿着游泳裤，身子还湿的站在她面前。他们之间说的话忘了，但是有一个时刻留在了他脑海中，一个具体的时刻，清晰记得：她坐在椅子上盯着儿子的肚脐看。那目光他一直感到停留在自己肚子上。那目光难于解释；他觉得是在表达一种不可解释的既同情又轻蔑的复杂感情；母亲的嘴唇做出了微笑的样子（既同情又轻蔑的微笑），然后，没有从椅子上站起，她向他俯过身去，用食指碰他的肚脐。接着她立刻站起身，拥抱他（她是不是真的拥抱他了？可能吧，但是他不是很肯定），离开了。此后他没有再见过她。

一个女人
从汽车里出来

一辆汽车沿着一条河行驶在马路上。这里的景色毫无可取之处，早晨寒冷的空气使景物看来更为索寞。这是介于城郊与乡野交接处的一个地方，房屋渐渐稀少，行人更是看不见。这辆车在路边停下；从中走出一个女人，年轻，有点姿色。奇怪的是：她把门往回推，动作那么粗心大意，车门肯定没有关上。在我们这个盗贼丛生的时代，如此违反常理的粗心大意说明什么呢？她心不在焉吗？

不，她给人的印象不是心不在焉，相反，脸上表情毅然决然。这个女人知道自己要什么。这个女人意志坚定。她在公路上走了约一百米，朝着河上的一座桥走去——一座颇有高度、狭窄、禁止车辆通行的桥。她走上去，朝着对岸去。好几次她环顾四周，不像是个有人等着的女人，而是要确信没有人等着她。她到了桥中央停下。初看可以说她犹豫了，但是不，不是犹豫，也不是突然缺乏决心，相反地，这时候她集中注意力，让她的意志更加坚定。她的意志?说得更确切,是她的仇恨。是的,看起来像在犹豫的那次停留,其实是在召唤她的仇恨之心,跟她待在一起,支持她,片刻不要离开她。

她跨过栏杆,朝空中跳去。跳到底下身体猛烈打在坚硬的水面上,全身冻得瘫痪,但是长长的几秒钟过去后她抬起头,她是个游泳好手,全身机能都自动调节来抵制她的死亡意志。她又把头钻入水中,竭力把水往里吸,挡住自己的呼吸。这时她听到一声尖叫。一声来自对岸的尖叫。有人看见她了。她明白死亡不容易,她最大的敌人不是她作为游泳好手不可控制的反应,而是一个她没计算在内的人。她不得不进行斗争。进行斗争好让自己死得安然无恙。

她

杀人

她朝着尖叫的方向看。有人已经跳入河中。她在想:谁更快,她留在水底、吸水、溺死，还是他正游近过来？当快要溺死，肺里进了水，从而身子衰弱，她岂不成了她的救助者唾手可得的猎物了吗？他将挟了她朝岸边游，把她在陆地上放平，压出她肺中的水，进行嘴对嘴人工呼吸，报告消防队、警察局，她将会脱险，然而永远成为笑柄。

“停下，停下，”那人叫道。

一切都起了变化，她不但不往水底沉，反而抬起头，深呼吸，集中全身力量。他已经在她对面。是个年轻人，一个想要出名的少年，想要照片登在报纸上，他只是反复说：“停下，停下！”他已经向她伸过手来，她不但不躲开，反而把它握住、抓紧，朝水底拖。他又叫了一下“停下”，仿佛这是他唯一会发音的词。但是他再也不会发了；她抓住他的手臂往水底拉，然后全身扑在少年的背上，把他的头闷在水里。他自卫，他乱颤，他已经呛水，他试图打那个女人，但是女人全身一直压着他，他抬不起头来呼吸，经过漫长、非常漫长的几秒钟，他停止了挣扎。她这样摁住他又过了一会儿，甚至可以说她累了，在发抖，压在他身上休息，然后肯定压在底下的男人不再动了，她放开他，朝着来的河岸游去，不想在心里对刚才发生的事留一点阴影。

但是怎么啦？她忘了自己的决心吗？如果试图救她于不死的人不再活着，她为什么不把自己溺死呢？为什么最后自由了她又不想去死了呢？

生命出其不意重新获得，倒像是一记撞击，击碎了她的决心；她不再有力量保持她要寻死的毅力；她发抖了；突然失去了一切意志、一切魄力，机械地朝着她抛弃汽车的地方游去。

她
回家

徐徐地，她感觉水愈来愈浅，脚在水底立住，站了起来；她把鞋子遗失在河泥里，没有力气去找；她赤脚走出水面，朝着公路往上走。

重新发现的世界对她露出一张冷淡的脸，立即引起她心头一阵焦虑：她没有车钥匙！丢在哪里了？她的裙子没有口袋。人朝着死亡走去时，是不在乎一路上丢了什么的。当她走出汽车时，前途不再存在。她没有什么需要隐藏的。而现在，突然一切都需要隐藏了。不要留下任何痕迹。焦虑的心情愈来愈强烈：钥匙在哪里？我怎么到家呢？

她现在就在汽车旁边，她拉车门，奇怪的是，车门开了。钥匙留在仪表板上等着她。她坐在方向盘前，用她赤裸的湿脚去踩踏板。她一直在抖。也是冷得发抖。她的衬衫、她的裙子湿淋淋浸透河里的脏水，往下滴。她旋转钥匙，开车走了。

那个要把生命强加在她头上的人是溺死了。那个她要杀死在自己肚子里的人活了下来。自杀的念头从此一笔勾销。不再重复。青年是死了，胎儿是活的，她将竭尽全力务使发生的事不让谁发现。她在发抖，她的意志在苏醒；她只想到眼前的事：怎样走出汽车而不让人发现？怎样穿着湿透的裙子神不知鬼不觉从门房前溜过去？

这时候，阿兰感到肩上猛烈一击。

“小心，白痴！”

他转身，看到身边人行道上一个女青年，步子坚挺快速超过他。

“请原谅，”他朝着她的方向喊（声音很低）。

“傻瓜！”女青年回答（声音很高），没有转身。

赔不是的人

阿兰独自在工作室里，感到肩膀一直隐隐作痛，心想前天路上那个女青年把他撞得那么利落，应该是存心的吧。他忘不了她用刺耳的声音叫他“白痴”，他又听到自己哀求说“请原谅”，接着应声的是“傻瓜”。又一次他又莫明其妙地请人原谅！为什么总是这种愚蠢的赔不是的反应？这段回忆他摆脱不开，觉得需要跟人说说话。他给玛德兰打电话。她不在巴黎，她的手机关机。他拨夏尔的号码，一听到他的声音，他就道歉："不要生气。我心情很不好。需要聊聊。"

"来得正好。我心情也不好。但是你，怎么一回事？"

"因为我跟自己生气。我这人为什么碰上什么总觉得是自己错？"

"这不严重。"

"觉得或不觉得自己错。我想问题都在这里。人生是人与人的一种斗争。这谁都知道。但是这种斗争在一个多少说是文明的社会里是怎样进行的呢？人不能够一照面就互掐。不这样做，那就试图把罪过耻辱套在别人头上。能够嫁祸于人的人总是赢家，承认错误的人总是输家。你走在路上，一心在想自己的事。迎面来了一个女孩，仿佛世界是她一个人的，左右不看一眼直往前冲。你们撞上了。接着是弄清真相的时候。谁接下来吼别人，谁接下来道歉？这是一个典型的情境：事实上，两个人都既是撞人者也是被撞者。可是，有一些人立即自发地把自己看成撞人者，从而像是有罪的人。另有一些人立即自发地总是把自己看成被撞者，从而维护自己的权利，准备着指控别人，让他受罚。你，处在这种情境下，你道歉还是指控他？”

“我，肯定是道歉的。”

“啊，我的可怜虫，你因而属于赔不是的这拨人。你想用你的赔不是来息事宁人。”

“当然。”

“你错了。谁道歉谁就是在宣称自己有错。你若宣称自己有错，你就是在鼓励另一人继续侮辱你、揭发你，公开地，直至你去死。这是第一声道歉命中注定的后果。”

“这倒是的。不应该道歉。但是，我宁可世界上大家为什么事都毫无例外地、无用地、过分地道歉，道歉得大家难以应付……”

“你说这话的声音好凄凉啊，”阿兰惊讶地说。

“两小时以来我想的只是我母亲。”

“发生什么了？”

天使

“她病了。我怕这次很重。她刚给我来过电话。”

“从塔布打来的？”

“是的。”

“她一个人？”

“她有个兄弟在她家。但是他比她还老。我想马上开车过去，但是不可能。今晚我有一笔生意不能取消。一笔愚蠢之至的生意。但是明天我去……”

“很有意思。我常想到你母亲。”

“你会喜欢她的。她很有趣。她走路已经不方便了，但是我们在一起非常开心。”

“你喜欢有趣的事，这点是从她那里遗传来的？”

“可能吧。”

“奇怪。”

“为什么？”

“根据你给我讲的，我想象她是弗朗西斯·雅姆[①]诗歌中的人物。给她做伴的是生病的动物与年老的农民。她在驴子与天使中间。”

“是的，”夏尔说，“她是这个样。”然后，在几秒钟后，他问：“你为什么说到天使？”

“有什么奇怪的？”

“在我的剧本里……”他停顿一下，然后说：“你要明白，我的木偶剧只是一个笑话，一桩蠢事，我不会去写的，只是想想而已，但是其他什么事都引不起我兴趣，我又能做什么呢……在这出戏的最后一幕，我设计了一位天使。”

“一位天使？为什么？”

“我不知道。”

“戏的结局怎样？”

“目前来说，我只知道最后有一位天使。”

“一位天使，对你来说是要说明什么呢？”

“我并不精通神学。天使，根据大家在感谢一个人的好意时总是说‘您是一位天使’，我主要也是这样来想象的。大家对我母亲经常这样说。所以当你跟我说你看到她有驴子和天使陪着，我感到吃惊。她是这个样的。”

“我也不精通神学。我记得起来的只是有些天使是从天上驱逐下来的。”

“是的。从天上驱逐下来的天使，”夏尔重复说。

“除此以外，我们对天使还有什么认识？天使的身材都很苗条……”

“这倒是的，很难想象一个大腹便便的天使。”

“有翅膀。皮肤白。白皮肤。夏尔，听着，我要是没说错，天使是没有性别的。这可能是皮肤白的道理。”

“可能是。”

“也是天使善良的道理。”

“可能是。”

---

① Francis Jammes（1868—1938），法国诗人。

然后，一阵沉默后，阿兰说："天使有没有肚脐？"

"什么？"

"天使要是没有性别，就不是从女人肚子里养出来的。"

"肯定不是。"

"那么就没有肚脐。"

"是的，没有肚脐，肯定的。"

阿兰想起了那个女人，她在一幢度假别墅的游泳池边，用食指去触摸十岁儿子的肚脐，他对夏尔说："奇怪。我也是。最近一段时间不断地想到母亲……在一切可能和不可能的情境下……"

"亲爱的，就说到这里吧！我得准备那个操蛋的鸡尾酒会了。"

第四部分

他们个个
都在寻找好心情

凯列班

凯列班第一个职业是演员，那时这对他代表了生命的意义；这门职业是白纸黑字写在他证件上的，他就凭没有受聘的演员身份长期领取失业补助金。最后一次看到他出现在舞台上，是他在莎士比亚《暴风雨》一剧中扮演野性的凯列班。皮肤上涂棕色香脂，头戴黑色假发，吼叫蹦跳像个疯子。他的演技大受朋友们欢迎，以至决定叫他这个名字，借以让他们想起他的表演。这事已经过去多年。后来，剧院聘不聘他一直犹豫不定，他的津贴也逐年减少，其他几千名失业的演员、舞者、歌手无不如此。这时，夏尔靠着为私人家庭组织鸡尾酒会谋生，就雇他当服务员。这样凯列班才能赚到几个钱，此外还有一点，由于他是一直在寻找失去的使命的演员，也不妨把这份工看作是不时转换身份的机会。他的美学观点颇为幼稚（他的主保圣人莎士比亚的凯列班难道不是同样幼稚吗？），他认为一位演员所演的角色与他的真实生活相差愈大，他的演技愈会出色。这就是为什么他陪伴夏尔时坚持不做法国人，而要充当一个外国人，只会说一种周围人谁也不懂的语言。当他要为自己寻找一个新的出生的国家，可能由于他的浅褐色皮肤，他选择了巴基斯坦。为什么不？选择一个出生的国家，这还不容易。但是编造它的语言，这可难哪。

不妨即兴一连说上三十秒钟的虚构语言试试！你轮着重复同样的音节，你的胡说八道马上会被揭穿是在骗人。发明一种不存在的语言，是预设它有一种听觉可信度：创造一种特殊的语音，a 或 o 不是像法国人那样去发音；决定一个常规的重音要落在哪个音节。还要注意的是，为了说话自然，在这些荒谬的音后面去想出一种语法结构，知道哪个词是动词，哪个词是名词。由于这是涉及两个朋友在搭档，决定第二个人，即法国人，也即夏尔的角色也是重要的：他虽然不会说巴基斯坦语，至少要认识几个词，好在他们紧急时不用说上一句法语就可领会个大概。

这样做很难，但是好玩。可惜的是，即便最美妙可笑的事也逃不过衰老的规律。要是说这两个朋友在最初几次鸡尾酒会上玩得挺好，凯列班很快发觉这样辛辛苦苦玩神秘毫无意义，因为客人对他一点不感兴趣，听不懂他说些什么，也就不去听他，只是做简单几个动作表示他们要吃或喝什么。他又变成了一个没有观众的演员。

白上衣
与葡萄牙女人

他们在鸡尾酒会前两小时走进达德洛的公寓。“太太，这是我的助手。他是巴基斯坦人。请原谅，他法语一句也不会说。”夏尔说。凯列班在达德洛太太面前彬彬有礼鞠一躬，说了几句听不懂的话，达德洛太太一点也没注意，态度矜持冷淡，向凯列班证实了他辛辛苦苦发明的语言毫无用处，他开始郁闷。

幸好，这番失望后不久，有一件快乐的小事给了他安慰。达德洛太太命令女仆去给两位先生当帮手。她目不转睛看着这个异国风情十足的人。她好几次跟他搭讪，当她知道他只懂自己的语言，起初尴尬，后来又奇异地放松下来。因为她是葡萄牙人。

既然凯列班跟她说巴基斯坦语，她也趁这个少有的机会不讲她不喜欢的法语，也只用母语来说话。他们用两种不懂的语言进行交流，使他们相互接近。

后来一辆小货车停在门口，两名职员把夏尔预订的东西搬上楼：葡萄酒、威士忌、火腿、萨拉米、小酥饼，放到厨房里。夏尔和凯列班在女仆帮助下，在客厅的长桌上铺上一块大桌布，放上碟子、盆子、玻璃杯、瓶子。然后，当鸡尾酒会时间接近，他们退到达德洛太太指定的小房间里。他们从一只包里取出两件白色上衣穿了起来。不用照镜子。相互对瞧，禁不住微微一笑。这总是他们短暂的开心时刻。几乎忘记是出于需要在工作，赚钱生活；看到自己一身白的装扮，他们觉得是在玩游戏。

然后夏尔朝着客厅走过去，让凯列班整理最后几只盘子。一个少女很有自信地走进厨房，朝女仆转过身：“你一秒钟也不要出现在客厅里！要是我们的客人见了你，都要逃光了！”然后，她瞧着葡萄牙女人的嘴唇，扑哧一笑：“你从哪儿弄来的这个颜色？你的样子像只非洲鸟！像只布雷姆布布布的鹦鹉！”她笑着离开厨房。

葡萄牙女人两眼湿润，（用葡萄牙语）对凯列班说：“太太很和气！但是她的女儿！心眼坏！她说这话是因为您教她喜欢！在男人面前她总是跟我要坏心眼！她很开心在男人面前侮辱我！”

凯列班无话可说，抚摸她的头发。她抬起眼睛朝他看，（用法语）说：“您瞧瞧，我的口红真是那么难看吗？”

她面孔左转右转，好让他看清她整片嘴唇。

“不，”他（用巴基斯坦语）对她说，“您口红的颜色选得很合适……”

凯列班穿了白上衣在女仆眼里显得更加精神，更加不像是真的，她（用葡萄牙语）对他说：

“您在这里我真是开心。”

他听了她的好听话很兴奋（还是用巴基斯坦语）：“不但是您的嘴唇，还有您的面孔、您的身材、您的一切，我看到您在我面前的样子，您美，您很美……”

“哦，您在这里我真是开心，”女仆（用葡萄牙语）回应说。

挂在墙上的
照片

不仅是对凯列班——他对自己故弄玄虚不再觉得有趣，对我所有这些人物来说，这场晚会都笼罩着愁云惨雾：夏尔向阿兰袒露他担心母亲的病情；阿兰自己从来不曾有过这份孝心，对此很动情；动情还因为想到一位乡下老妇人，她属于一个他所陌生的世界，然而他对那个世界同样有强烈的缅怀之情。可惜的是，他还有意这样谈下去，夏尔已经急急忙忙把电话挂断了。阿兰于是拿起手机打给玛德兰。但是电话铃响个不停，没人接。就像经常在类似的时刻，他的目光转向挂在墙上的一张照片。他的工作室里不挂任何照片；除了这一张：一位少妇的面孔，他的母亲。

阿兰出生后几个月，她离开了丈夫；丈夫不事声张，从来不说她的任何坏话。这是一个细心温和的男人。孩子不懂一个女人怎么能够抛弃这么一个细心温和的男人，更不懂她怎么能够抛弃她的儿子，他也是（他感觉到）从童年起（即使不是从被孕育起）就是个细心温和的人。

“她住在哪里？”他那时问过父亲。

“可能在美国。”

“‘可能’，怎么讲？”

“我不知道她的地址。”

“但是把地址给你是她的责任。”

“她对我没有任何责任。”

“那么对我呢？她不要有我的消息吗？她不要知道我在做什么吗？她不要知道我想她吗？”

有一天，父亲不再克制自己：“既然你坚持，我对你说了吧：你的母亲从来不愿意你生下来。她从来不愿意你在这里走来走去，不愿意你横在感觉这么舒服的这张座椅上。她不要你。你这下清楚了吗？”

父亲不是个气势汹汹的人。但是尽管他能忍则忍，他还是没法掩饰与一个要阻止一个生命出生的女人，无论如何合不来。

阿兰与他母亲在一幢度假别墅的游泳池边最后一次见面，

我已经讲过了。他那时候十岁。父亲逝世时他十六岁。葬礼后几天，他把母亲的照片从一本家庭影集中撕下，配上镜框挂到了墙上。为什么在他的工作室里没有一张父亲的照片呢？这个我不知道了。不合逻辑吗？当然啰。不公平？毫无疑问。但事情就是如此：在他工作室的墙上只挂了一张照片：母亲的照片。他隔一段时间就对着照片说：

怎么孕育了
一个赔不是的人

“你为什么不堕胎呢？他阻止你了吗？”

从照片传过来一个声音说：

“你永远不会知道的。你给我编造的一切都只是些童话故事。但是你的这些童话故事我喜欢。即使你把我说成个杀人犯，把一个青年溺死在河里。一切都教我喜欢。继续说，阿兰。你说吧！尽管想象吧！我听着。”

阿兰想象：他想象父亲压在母亲身上。交媾前她警告他："我没有吃药，小心啊！"他要她放心。她于是毫不怀疑做了爱，后来当她看到那个男人的脸愈来愈享受那份欢乐，她开始叫："小心啊！"然后："不！不！我不要！我不要！"但是男人的脸愈来愈红，红得令人反感，她推开那个紧紧抱住她的笨重身体，她挣扎，但是他搂得更紧，她突然明白这在他不是兴奋之下的盲目行动，而是意志，冷静盘算后的意志，而这时在她心里引起的是超过意志的恨，尤其这场斗争失败后更是一种心狠手辣的恨。

阿兰也不是第一次想象他们交媾，这交媾把他催眠，让他想到每个人都是在其被孕育那一秒钟的翻版。他站在镜子前面，观察自己的面孔，要在上面找到让他出生的同步双重恨的痕迹：男人的恨与男人在高潮时女人的恨；性格温和、体格健壮的恨匹配性格勇敢、体格娇弱的恨。

他心想这双重恨结出的果实只可能是个赔不是的人：他温和细心，如同他的父亲；他一直是个外来人，如同母亲对他的看法。这个既是外来又是温和的人，按照不可更改的逻辑，注定一辈子要向人赔不是。

他瞧着挂在墙上的那张脸，又一次看见那个女人：神情颓丧，穿着湿裙子坐进汽车里，避人耳目从门房前面溜过，登上楼梯，赤脚走进公寓，在那里一直住到外来人脱离她的身体。几个月后，她再把他们两个都抛弃。

拉蒙
到鸡尾酒会时心情很不好

尽管在卢森堡公园见面结束时，拉蒙有过同情的感觉，但是无法改变这样的事实，达德洛属于他不喜欢的一类人。是这样，即使他们两人尚有共同之处：喜欢语惊四座；出人意表说出一个有趣的想法；众目睽睽之下勾引女人。除了拉蒙不是一个那喀索斯。他追求成功但是又怕招人嫉妒；他喜欢受人欣赏却又远离崇拜者。自从他在私生活中遭遇几次伤害，尤其从去年起他不得不加入到死气沉沉的退休者队伍，他的谨言慎行变成了对孤独的爱；他的非正统言论从前使他充满朝气，如今把他变成了一个不切合实际、脱离时代，因而也是年迈的人，尽管表面还不至于如此。

所以他的老同事（还没退休）邀请他参加鸡尾酒会他决定谢绝，只是等到夏尔和凯列班向他发誓说，唯有他的光临才使他们还可忍受那份愈来愈乏味的服务员工作，他才在最后时刻改变了主意。可是，他到得很晚，在一位客人发表大捧主人的演说之后很久。公寓里挤满了人。拉蒙不认识一个人，他朝着长桌子走去，他的两位朋友在桌子后面提供饮料。为了驱散坏心情，他跟他们说了几句话，要模仿巴基斯坦语的嘴唇动作。凯列班也用同样的嘴唇动作给了他一个正版回应。

然后，他手拿一杯酒，心情依然不好，在陌生人中间走来走去，有几个人朝着前厅的门转身，他被这阵骚动吸引。一个女人出现在前厅，身材修长，貌美，五十岁左右。她头向后仰，好几次把手插入头发，姿势优美地挽起又放下，对着每人脸上露出楚楚动人的表情；客人中谁也不曾见过她，但是个个都根据照片认识她：拉弗朗克。她走到长桌子前停下，俯身，注意力非常集中地向凯列班指她爱吃的各种不同的开那批[①]。

她的盘子立刻放满了，拉蒙想到达德洛在卢森堡公园跟他讲的事：她不久前失去了热爱的伴侣，多亏上天的一项神奇指令，在他去世的时刻她化悲痛为欢乐，对生的欲望百倍增长。他观察她：她把开那批往嘴里塞，脸因用力嚼而动作很大。

当达德洛的女儿（拉蒙见过她）看到那位修长身材的名人，嘴巴不动了（她也在嚼什么），两腿开始跑动："我亲爱的！"她要拥抱她，但是名女人端在肚子前的盆子阻挡了她这样做。

"我亲爱的，"她重复说，这时拉弗朗克正在对付嘴里的一大块面包和萨拉米。她没法一口都吞下，就利用舌头把那口食物推到臼齿与腮帮之间；然后她用力尝试对少女说出几句话，少女一句没听懂。

拉蒙往前走两步，为了更近观察她们。小达德洛吞下了嘴里的东西，声音响亮地说："我都知道，我都知道！但是我们决不会让您一个人的！决不会！"

拉弗朗克眼神茫茫的（拉蒙明白她不知道这个跟她说话的人是谁），把一小团食物推到嘴巴中央，咀嚼，咽下一半，说：“人即是孤独。”

“哦，这话再对也没有了！”小达德洛叫道。

“层层孤独包围的孤独，”拉弗朗克又说，然后她把其余东西吞下，转过身去别的地方。

拉蒙还没体会，脸上已经露出一丝有趣的微笑。

阿兰
把一瓶雅马邑[②]放到橱顶上

差不多在这丝微笑意外地照亮拉蒙面孔的同时，一声电话铃响打断了阿兰对一个赔不是的人起源的反思。他立即知道是玛德兰。这两人共同感兴趣的东西实在不多，然而彼此交谈又那么

---

① canapé，餐前开胃小食，多为烤面包片、饼干上放冷肉、干酪、酱料等。

② armagnac，法国西南部出产的一种白兰地酒。

长时间那么开心，这是怎么一回事教人难以明白。当拉蒙解释他的天文馆理论，说天文馆建立在历史的不同点上，人们从那些天文馆说话就不可能彼此听懂，阿兰立即想到了他的女友，因为亏了她他才明白，即使是真正相爱的两个人，如果生日相差太远，他们的对话也只是两段独白的交叉，总有一大部分不能为对方明白。这就是为什么——比如说——他从不知道玛德兰念错从前的名人的名字，是因为她从来没有听人说起过，还是她有意滑稽摹仿，好让大家明白她对于发生在她本人生命以前的事丝毫不感兴趣。阿兰对此并不感到为难。跟她这样的人这样待着他觉得有趣。他尤为满意的是当他独自待在工作室时，他在那里挂上了博斯[①]、高更（我不知道还有谁）复制品的海报，这些给他划出了他的私密空间。

他一直有个模模糊糊的想法，若早生六十年，他会是个艺术家。这个想法确实是模模糊糊的，因为他不知道艺术家这个词在今天是指什么。一位改行当了玻璃工的画家？一位诗人？诗人还存在吗？最近几星期教他高兴的是参加了夏尔的幻想剧，他的木偶戏，这个正因为没意思而令他迷惑的没意思的事。

做自己爱做的事(那么他知道自己爱做什么吗?)是没法养活自己的，明白了这一点，他在完成学业以后选择了一份工作，工作中不需要发挥他的独创性、他的创意、他的才干，而只是他的聪明，也就是说可以用算术来表示的能力，不同的人在数量上比高低，有的人多些，有的人少些。阿兰还是多的，所以他赚得多些，可以时不时给自己买一瓶雅马邑。几天前，他买了一瓶，当时他看到标签上的千位数恰好是他出生的年份。他对自己承诺要在生日那天打开，与朋友一起庆祝自己的荣耀，大诗人的荣耀；由于对诗怀有一种谦卑的尊重，他发誓再也不写一句诗了。

跟玛德兰聊了很久，很满意，几乎很快活，他拿了那瓶雅马邑登上一把椅子，把它放在一只高（很高的）橱的顶上。然后他坐在地板上，靠着墙壁，盯着瓶子看，慢慢地瓶子在他眼里变成了王后。

---

① Hieronymus Bosch（1450—1516），荷兰画家。

卡格里克

召唤好心情

当阿兰瞧着橱顶上的酒瓶时，拉蒙不停地责备自己为什么到这个他不愿待的地方来；所有这些人都教他不喜欢，他尤其是尽量避免遇到达德洛；这时候他看见他才离几米远，面对着拉弗朗克，试图用口才来吸引她；拉蒙为了避开，又一次躲到长桌子旁边，凯列班正在往三位客人的玻璃杯里倒波尔多酒；他又是比画又是做鬼脸，要让他们明白这酒质地少见。先生们懂得餐桌礼仪，举起玻璃杯，握在掌心好长时间给酒加温，然后在嘴里含上一口，相互对看一眼，脸上表情先是绝对专心，然后惊讶钦佩，最后高声表示满意。这一切约持续一分钟，直至这场品酒会粗暴地被他们的对话打断，拉蒙观察着他们，印象中是在参加一场葬礼，其间三个掘墓人在埋葬葡萄酒的醇味，同时把他们的闲言闲语如灰土般洒落在棺木上。又一次他脸上露出有趣的微笑，同时一个很低的声音，几乎听不见，更像是一声口哨而不是语句，在他背后响起："拉蒙！你在这里干什么？"

他转身："卡格里克！你在这里干什么，你？"

"我在寻找一位新女友，"他回答，他的那张实在毫无可取之处的小脸发亮了。

"亲爱的，"拉蒙说，"你一直是我以前认识你时候的样子。"

"你知道，厌倦，没有什么比这更糟糕了。这就是为什么我要换女友。不这样，心情不会好！"

"啊，好心情！"拉蒙叫了起来，好像被这三个字触动了灵感。"是的，你说出来了！好心情！重要的是这个，不是什么别的！啊，见到你真高兴！几天前，我对朋友谈起了你，哦，我的卡基，我的卡格里，我有许多事要跟你说……"

在同一个时候，他窥见几步外他认识的一个少妇的美丽面孔；这令他迷惑；仿佛这两次偶然的遇见，神奇地与同一个时间相关联，让他充满了活力；在他的头脑里，"好心情"这些字的回音像一声召唤那么响亮。"原谅我，"他对卡格里克说，"有话以后再说，现在……你懂的……"

卡格里克微笑："我当然懂的！去吧，去吧！"

"朱丽，见到您真是太高兴了，"拉蒙跟那个少妇说。"我有一千年没遇见您了。"

"这是您的错，"少妇回答，放肆地盯着他的眼睛看。

"直到此刻为止，我不知道是什么没道理的道理引导我来参加这个死气沉沉的派对。现在我终于知道了。"

"一下子，死气沉沉的派对不再死气沉沉了，"朱丽笑。

"是您把死气一扫而光，"拉蒙也笑着说。"但是您怎么会来的？"

她朝着一个小圈子做了个手势，小圈子围着一位年老的（非常年老的）大学名人，"他总是有什么要说，"然后，她带着若有所指的微笑，"我急于想在今晚晚些时候见您……"

拉蒙兴致勃勃，窥见夏尔在长桌子后面，一副神不守舍的怪相，眼睛朝着上面什么地方看。这种奇异的姿势引起他兴趣，然后他在心里说：不用去操心上面的事是多么快乐，身处在这下面是多么快乐；他瞧着朱丽走远；她屁股的颠动在招呼他，在邀请他。

第五部分

一根小羽毛
在天花板下飘

一根小羽毛
在天花板下飘

“……夏尔……一副神不守舍的怪相，眼睛朝着上面什么地方看……”这几句话我写在前一章的最后一个段落里。但是夏尔，他又是在看上面什么呢？

一个微小的东西在天花板下抖抖索索；一根极小的白羽毛，慢悠悠地飘动，落下，升起。在这张摆满盘子、瓶子和玻璃杯的长桌子后面，夏尔站着，一动不动，头微微向后昂，这时候客人一个个被他的姿势弄糊涂了，开始跟着他的目光看。

夏尔观察小羽毛飘泊不定时，感到一种焦虑；他想到的是这几个星期以来他惦念的天使用这个方法告诉他，自己已经到了这里什么地方，很近。可能天使被逐出天庭以前，受了惊吓，从翅膀里掉落这根小羽毛，肉眼难辨，犹如焦虑的痕迹，犹如与星辰共同度过的快乐时光的回忆，犹如一张名片来说明自己降临和宣布末日到来。

但是夏尔还没有准备好面对末日；末日，他宁愿把它放到以后再说。病中母亲的画面出现在他面前，他感到揪心。

可是小羽毛在这里，它上升又降落，这时在客厅的另一边，拉弗朗克也在朝着天花板看。她举起手伸出食指，好让羽毛在上面登陆。但是羽毛躲开拉弗朗克的手指，继续自己的漫游……

一场梦的
终结

在拉弗朗克举着的手的上方，小羽毛继续飘泊不定，而我想象二十来个人，在一张大桌子四周，目光朝着空中，即使并没有羽毛在上面飘；他们尤其感到困惑和紧张的是，那个令他们害怕的东西既不在他们正面（如一个可以杀死的敌人），也不在下面（如秘密警察可以清除的陷阱），而是在他们头顶上什么地方，像一个看不见的威胁，不具形体，无从解释，抓不住，罚不着，刁钻神秘。有几个人从椅子上站起来，不知道要往哪里去。

我坐在长桌子一头，毫无表情，看见斯大林在咕哝："都给我安静，胆小鬼！你们怕什么？"然后声音提高了："你们都坐下，会议还没散呢！"

莫洛托夫在窗边向他提示："约瑟夫，有人在暗中策划。据说要把你的雕像都推倒。"然后，他在斯大林嘲讽的目光下，在他沉默的压力下，顺从地低下头，回到桌前的椅子坐下。

当大家都回到各自的位子上，斯大林说："这就叫一场梦的终结！所有的梦都有一天要终结的。这既是预料不到的也是不可避免的。你们这些庸才难道连这个也不知道吗？"

大家都一声不吭，唯有加里宁不知道自我控制，高声说："不管发生什么，加里宁格勒永远是加里宁格勒！"

"说得有道理。我很高兴知道康德的名字从今以后与你的名字联系在一起，"斯大林回应说，愈来愈感到有趣。"因为你知道，对康德这是实至名归。"他的笑声既孤独又快活，在大厅里飘荡很长时间。

拉蒙
在玩笑结束时的哀歌

斯大林的笑声传得很远，在客厅里幽幽颤动。夏尔在放饮料的长桌子后面，眼睛一直盯着拉弗朗克竖起的食指上空那根小羽毛，拉蒙在这些仰起的头颅中间，看到时机已到高兴得不得了，他可以神不知鬼不觉，静悄悄带着朱丽溜走。他左右寻觅，但是她不在。他总是听到她的声音，她最后几句话听起来像是劝诱。他总是看到她美妙的屁股，一边远去一边向他打招呼。她是上卫生间了？去补妆？他走进一条小过道，在门口等候。好几位女士出来，用怀疑的目光瞧他，但是她没出现。太明白了。她已经走了。她把他支开了。一下子，他只想离开这个令人无精打采的集会，一刻也不久留地离开，他朝门口走去。但是凯列班在离那里几步远的地方，端了一个托盘出现在他面前："我的上帝，拉蒙，你怎么愁眉苦脸的啊！快来喝杯威士忌吧。"

跟朋友还能赌气么？他们出其不意相遇还是有一种不可抗

拒的魅力，既然周围这些傻子都像给催眠了似的，目光朝着高处看，朝着同一个荒谬的地方，他还不如单独跟凯列班一起脚踏实地，像在一座自由小岛上说些知心话。他们停下，凯列班为了说点什么开开心，讲了一句巴基斯坦语。

拉蒙（用法语）回答："祝贺你，亲爱的，你出色的语言表现。但是你不但没让我开心起来，反而让我忧愁更深了。"

他在托盘上取了一杯威士忌，喝下，把杯子放回，又取了第二杯，拿在手里："你和夏尔编造了巴基斯坦语的闹剧，为了在社交鸡尾酒会上寻开心，社会上你们只是几位势利人可怜的当差而已。故弄玄虚寻开心可以保护你们。然而这曾经是我们大家的战略战术。我们很久以来就明白世界是不可能推翻的，不可能改造的，也是不可能阻挡其不幸的进展的。只有一种可能的抵挡：不必认真对待。但是我看到我们的玩笑已经失去其能力。你强迫自己说巴基斯坦语寻开心。也是白费心，你感到的只是疲劳与厌烦而已。"

他停下，看到凯列班把食指放到嘴前。

“有什么事吗？”

凯列班朝一个男人方向点头，那人矮小、秃头，离开两三米远，唯有他没把目光朝向天花板，而是朝向他们看。

“那又怎么啦？”拉蒙问。

“不要说法语！他在听我们说话，”凯列班悄声说。

“但是你有什么担心的？”

“我请你，不要讲法语！我觉得他窥视我们有一个小时了。”

拉蒙明白了他朋友的真正焦虑，用巴基斯坦语说了几句胡话。

凯列班没有作出反应，然后，镇静了一点点：“现在，他瞧别的地方去了，”他说，然后：“他走了。”

拉蒙心乱，喝下他的那杯威士忌，把空杯放到托盘上，又机械地取了一杯（已经第三杯）。然后他声调严肃地说：“我向你发誓，我实在没想到有这种可能性。但是真会出现的！如果一个寻找真相的仆人发现你是法国人！那时，肯定的，你就是个嫌犯！他会想你隐瞒身份其中肯定有个暧昧的理由！他向警察局告发！你就要被传去询问！你解释说你的巴基斯坦语是一个玩笑。他们就会笑：多么愚蠢的遁词！你肯定是在图谋不轨！他们会给你戴上手铐！”

他看到凯列班脸上犯了愁：“不要这样，不要这样，忘了我刚跟你说的话吧！我说的是蠢话！我说得过分了！”然后，他压低声音又说：“可是，我懂的。开玩笑也会变得很危险。我的上帝，这一点你应该知道！斯大林给他的伙伴讲的鹧鸪的故事你还记得吗？赫鲁晓夫在盥洗室大吼大叫你还记得吗？他是寻找真相的英雄，他轻蔑地吐唾沫！这一幕具有预见性！它真正开创了一个新时代。玩笑的黎明！后笑话时代！”

一片小小的愁云又一次飘过拉蒙头颅的上空，这时在他的想象中又出现历时三秒钟的朱丽与其正在走远的屁股；他迅速喝完酒，放下杯子，拿起另一杯（第四杯），宣称：“我亲爱的朋友，我少的只是一样东西：好心情！”

凯列班又环顾四周；秃顶矮子不在了；这使他镇静下来；他笑了。

拉蒙继续说：“啊，好心情！你从来没读过黑格尔吧？肯定没有。你还不知道他是谁呢。但是把我们塑造出来的教师从前逼迫我去研究他。黑格尔在他对喜剧的反思中，说真正的幽默没有无穷的好心情是不可想象的，请听好，这是他说的原话：‘无穷的好心情’，‘unendliche Wohlgemutheit’。不是取笑，不是嘲讽，不是讥诮。只是从无穷的好心情的高度你才能观察到你脚下人类的永久的愚蠢，从而发笑。”

然后，停顿一会，手拿杯子，他慢慢又说：“但是好心情，怎么找到呢？”他喝完，把空杯子放到托盘上。凯列班向他送来告别的微笑，转过身走了。拉蒙朝着走远的朋友举起手臂，叫道：“好心情，怎么找到呢？”

拉弗朗克
走了

拉蒙听到的回答只是些叫声、笑声、掌声。他扭头看客厅的另一边，那里那根小羽毛终于停落在拉弗朗克竖起的食指上，她把手举得尽可能高，像个乐队指挥在指挥一部大交响曲的最后节拍。

激动的观众慢慢静下来，拉弗朗克始终举着手，用响亮的声音（尽管嘴里还有一块蛋糕）朗诵："上天向我示意，我今后的生活会更美丽。生活比死亡更强，因为生活是以死亡作为营养！"

她闭上嘴，瞧着观众，咽下最后的蛋糕残渣。

周围的人鼓掌，达德洛走近拉弗朗克，好像要以大家的名义庄严拥抱她。但是她没有看见他，手始终举向天花板，小羽毛在拇指与食指之间，她慢慢地踏着舞步，美妙地一颠一颠走向门口。

拉蒙
走了

拉蒙瞧着这一幕饶有兴趣，感觉笑又在身体内重生了。笑？黑格尔的好心情终于在高处发现了他，决定把他接到家里吗？这难道不是一声召唤，要把这个笑抓住，在他心中尽量长久保留吗？

他偷觑的目光落在达德洛身上。整个晚上他都成功地躲着他。他该不该出于礼貌过去向他道别？不！他的好心情难得出现，不要把这样的好时光破坏了。他应该尽快往外走。

他开心，完全醉了，他走下楼梯，冲到马路上寻找的士。他不时发出一声响亮的笑。

夏娃的
树

拉蒙寻找的士，阿兰坐在工作室的地板上，身子靠墙，头低着；可能他昏昏沉沉入睡了。一个女性的声音把他唤醒：

“你给我讲的事我都喜欢，你编的东西我都喜欢，我没什么要添加的。可能除了肚脐这事。对你来说，无肚脐女子的典型是一位天使。对我来说，是夏娃，第一个女人。她不是从肚子里生出来的，是心血来潮，是造物主的心血来潮。从她的阴户、一个无肚脐女人的阴户生出了第一根脐带。我若相信《圣经》说的，从那里还生出了其他脐带，一个小男人或一个小女人接在每根脐带的头上。男人的身体不能生育，完全没有用处，而从每个女人的性器官又生出一根脐带，在它的一端连上另一个女人或另一个男人，就这样重复亿万次，转化成了一棵大树，一棵由无数个身体组成的大树，一棵树枝刺入天空的大树。你想一想，这棵巨大的树是根植于一个小女人、第一个女人、可怜的无肚脐夏娃的阴户里。

“当我怀孕时，我把自己看成是这棵树的一部分，挂在其中的一根脐带上，而你那时还没有生，我想象中你在空中飘荡，接在我的身体里钻出来的脐带上。从那时起，我梦见一个杀人犯，他在下面掐住无肚脐女人的喉咙。我想象中她的身体奄奄一息，坐以待毙，分崩离析，以致从她身上生出的这棵巨树，一下子失去了根，失去了底盘，开始下跌，我看见它的无数枝条像一场铺天盖地的雨往下落，请好好理解我，我梦见的不是人类历史的终结，不是未来的一笔勾销，不，不，我期盼的是人的完全消失，带着他们的未来与过去，带着他们的起始与结束，带着他们存在的全过程，带着他们所有的记忆，带着尼禄和拿破仑，带着佛祖和耶稣，我期盼的是根植于第一个蠢女人的无肚脐小腹内的那棵树彻底毁灭——那个女人不知道自己干的是什么，她可怜兮兮的交媾肯定没给自己带来丝毫快活，却给我们造成多大的苦难……”

母亲的声音停住，拉蒙拦下了一辆的士，阿兰靠着墙，又昏昏沉沉入睡了。

第六部分

天使堕落

向玛丽亚娜
告别

最后几位客人离开，夏尔和凯列班把他们的白上衣放进包里，他们又变成了普通人。葡萄牙女人愁眉苦脸，帮他们收拾盘子、盆子、瓶子，把东西都放在厨房的一个角落里，让职员第二天带走。她怀着一片好意给他们出点力，一直在他们身边不走开，以致两个朋友累得不能继续再说语无伦次的怪话，却也得不到片刻休息，能找个时机用法语相互交换一下明明白白的想法。

凯列班脱去了白上衣，在葡萄牙女人眼里就像天神下凡变成了普通人，即使一个低微的女仆也可以轻易跟他讲讲话了。

“我说的话您真的一点听不懂吗？”她（用法语）问他。

凯列班（用巴基斯坦语）回答了什么，说得非常慢，认真地一字一顿，眼睛直盯着她的眼睛。

她仔细听着，好像这个语言说得慢了就会变得好懂些似的。但是她不得不承认自己的失败：“即使您慢慢说，我还是什么都听不懂。”她难过地说，然后问夏尔：“您能够用他的语言跟他说什么呢？”

“只是最简单的几句厨房用语。”

“我知道，”她叹气。

“您喜欢他？”夏尔问。

“是的，”她说，面孔通红。

“我能为您做什么？要不要我跟他说您喜欢他？”

“不要，”她回答时猛摇头。“跟他说，跟他说……”她想想，“跟他说他在法国这里会感到很孤独。很孤独。我想跟他说，如果他需要什么，找个帮手，甚至或者需要吃……我可以……”

“您叫什么名字？”

“玛丽亚娜。”

“玛丽亚娜，您是天使。一个出现在我旅途中的天使。”

“我不是天使。”

夏尔突然不安起来，同意说：“我也希望不是。因为只有生命快结束时才会看到天使。生命的结束，我要推到愈后愈好。”

他想到母亲，忘了玛丽亚娜要求他做什么；当她用哀求的声调再提到时他才想起来，“先生，我是请您跟他说……”

“啊，是的，”夏尔说，他向凯列班胡言乱语说了几句。

凯列班走近葡萄牙女人。他在她嘴上亲了亲，但是女孩把嘴唇抿得很紧，他们的亲吻有着不可妥协的纯洁。然后她跑着逃开了。

这种腼腆使他们产生了怀旧心理。他们一声不出走下楼梯，坐进汽车里。

“凯列班！你醒醒吧！她不适合你！”

“我知道，但是让我为此遗憾吧。她一片好意，我也乐意为她做点好事。”

“但是你为她什么好事也做不了。你一出现只会给她带来不幸，”夏尔说。他启动汽车。

“这个我知道。但是我也没办法。她让我产生怀旧心理。怀念昔日的纯洁。”

“什么？纯洁？”

“是的。尽管我有花心丈夫的恶名，对纯洁却有一种不能消除的怀旧心理！”他又说：“上阿兰家去吧！”

“他已经睡了。”

“把他叫醒。我想喝酒。跟你还有他。为纯洁的荣誉碰杯。”

雅马邑
高高在上

一声喇叭声，又冲又长，从路面往上传。阿兰打开窗。凯列班在楼下砰的一声关上车门，喊：“是我们！可以上来吗？”

“可以！上来吧！”

凯列班从楼梯大声说：“你家有喝的吗？”

“你教我认不得了！你从来不是酒鬼啊！”阿兰说，打开工作室的门。

“今天是例外！我要为纯洁碰杯！”凯列班边说边走进工作室，后面跟着夏尔。

阿兰经过三秒钟犹豫不决，又恢复温厚的天性，“你要是真的为纯洁碰杯，这是个理想的机会……”他朝着顶上放酒的橱柜做了个手势。

“阿兰，我要打个电话，”夏尔说；为了能够说话时旁边无人，他消失在走道里，把门在身后关上。

凯列班凝视着橱顶上的酒：“雅马邑！”

“我把它放到那上面，让它像王后似的坐在御座上，”阿兰说。

“是哪一年的？”凯列班试图念标签，然后赞叹：“啊不！这不可能！”

“打开吧，”阿兰下命令。凯列班拿了一把椅子，爬了上去。但是即使站在椅子上，他也仅仅够到瓶底，它高高在上不让接近。

叔本华的世界

斯大林在同一张长桌子一端，被同一批同志围住，他朝加里宁转过身：“相信我，亲爱的，我也肯定著名的伊曼努尔·康德的城市将来永远叫加里宁格勒。作为他出生城市的主保圣人，你能不能给我们说一说什么是康德最重要的思想？”

加里宁对此一窍不通。这样斯大林按照他的老习惯，对他们的无知深感厌烦，就由自己来回答：

“康德最重要的思想，同志们，是‘物自体’，在德语中是 Ding an sich。康德认为在我们的表象背后有一个客观物，‘物’是我们不能认识的，却是真实存在的。但是这个思想是错误的，在我们的表象后面没有真实的东西，没有‘物自体’，没有 Ding an sich。”

大家都听着，不知所措，斯大林继续说：“叔本华还更接近真理。同志们，什么是叔本华的伟大思想？”

大家都避开考官嘲讽的目光，他按照自己众所周知的习惯，最后由自己回答：

“叔本华的伟大思想，同志们，是世界只不过是表象与意志。也就是说在我们所看到的这个世界背后，没有什么是客观的，没有 Ding an sich，为了使这个表象存在，使这个表象现实，必须有一个意志；一个巨大的意志，把它强加于人。”

日丹诺夫胆怯地提出不同意见：“约瑟夫，把世界作为表象！你一辈子在敦促我们证实这是资产阶级唯心主义哲学的谎言！”

斯大林说：“日丹诺夫同志，意志的第一本质是什么？”

日丹诺夫没有开口，斯大林回答说：“是它的自由。它能够证实它需要的东西。这个不谈。真正的问题是这个：地球上有多少人，世界就有多少表象；这不可避免地产生混乱；怎么在这个混乱中建立秩序呢？答案是清楚的：把唯一的表象强加于大家。也只能由一个意志来强加，一个巨大的意志，一个超越于众意志的意志。只要我的力量允许我这样做我就是这样做的。我向你们保证在一个大意志的统制下，人们最终会对什么都相信！哦，同志们，对什么都相信！”斯大林笑了，带着幸福的笑声。

他想起鹧鸪的故事，狡黠地瞧着他的同志们，尤其是赫鲁晓夫，这位矮而圆，在那时候两颊通红，再一次敢于显示勇气：“可是，斯大林同志，即使以前你说什么他们信什么，今天他们可一点也不相信你了。”

一拳头打在桌子上
震得到处都响

“你什么都懂了，”斯大林回答说，“他们不再相信我了。因为我的意志松懈了。我把我可怜的意志整个都在贯彻这个梦想，全世界都开始把它当真了。我为此牺牲我的全部精力，我把自己也牺牲进去了。我要求你们回答我，同志们：我是为谁作出了牺牲？”

同志们都目瞪口呆，甚至连嘴巴都没张开试试。

斯大林自己回答：“同志们，我是为人类作出了牺牲。”

大家都像松了一口气，点头赞赏这些豪言壮语。卡冈诺维奇甚至鼓起掌来。

“但是人类是什么？这不是客观的事物，这只是我的主观表象，也就是说：我用自己的眼睛可以看到我四周的东西。同志们，我用自己的眼睛整天看到的又是什么呢？我看到的是你们，你们！你们还记得那个盥洗室，你们关在里面大吼大叫不同意我的二十四只鹧鸪的故事！我在走廊里听你们吼叫感到很有趣，但同时又心想：我浪费了自己全部精力就为了这些傻瓜吗？我是为了他们活着吗？为了这些可怜虫？为了这些极端平庸的白痴？为了这些小便池边的苏格拉底吗？一想到你们我的意志就松懈了，衰退了，一蹶不振了。还有梦想，我们美好的梦想，再也得不到我的意志的支撑，就像一幢大房子断了顶梁柱一样坍塌了。”

斯大林为了强调坍塌，一拳头打在桌子上，桌子抖个不停。

天使
堕落

斯大林的拳头在他们的头脑里回响很久。勃列日涅夫朝着窗子瞧，不能控制自己。他看到的东西不可信：一位天使两只翅膀张开，悬浮在屋顶上。他从椅子上站起：“一位天使，一位天使！”

其他人也站了起来：“一位天使？我没看见！”

“不错！在上面！”

“我的上帝，又是一位！他落下来了！”贝利亚叹口气。

“白痴们，还会有许多你们将看着落下来的，”斯大林低声说。

“一位天使，这是一个朕兆！”赫鲁晓夫宣布说。

“一个朕兆？那又是什么朕兆呢？”勃列日涅夫叹口气，吓得瘫痪了。

那瓶陈年雅马邑
流在地板上

确实，这样落下是什么朕兆呢？预示一个乌托邦的崩溃，此后再也没有其他的乌托邦？一个时代留不下一点痕迹？书籍与图画被抛向空中？欧洲再也不成为欧洲？还是今后再也没有人笑的笑话？

阿兰不对自己提出这样的问题，他看着凯列班手里抓着那瓶酒，突然从椅子上跌倒在地受了惊吓。他俯身朝着他仰天躺着一动不动的身体。只有那瓶陈年（哦，很多很多年前的）雅马邑从打碎的瓶子里汩汩流在地板上。

一个陌生人
向他的情人道别

同一时刻，在巴黎的另一端，一位美女在床上醒来。她也听到响亮清脆的一声，像拳头敲在桌子上；她紧闭的眼睛后面，梦里情景依然清晰生动；她半睡半醒，记起那是几场春梦；具体的画面已经朦胧，但是她觉得自己兴致不错，因为那些梦既不摄人魂魄，也不难以忘怀，但有趣是毫无疑问的。

然后，她听到："很美啊。"这时候她才睁开眼睛，看到一个男人在门边，正要离开。这个声音尖、弱、薄、脆，就像说话的人。她认识他吗？是的；她隐约记起来了：在达德洛家的鸡尾酒会，老拉蒙也在，他爱上她；为了躲开他，她让一个陌生人陪在身边；她记起他很温柔，非常谨慎，几乎是隐身人；她甚至记不起他们是在什么时候分开的。但是我的上帝，他们分开过吗？

“真的很美，朱丽，”他在门边重复说了一句，她心想，有点儿惊讶，这个男人肯定跟她在同一张床上过夜的。

不祥之兆

卡格里克还举起手打最后一声招呼，然后下楼到马路上，坐进自己那辆车，而这时在巴黎另一端的一间工作室里，凯列班在阿兰的帮助下从地上站起来。

“你没事吧？”

“没事。一切都好。除了雅马邑……再也没啦。原谅我，阿兰！”

“请求原谅是我的任务，”阿兰说，“我让你爬上这把破旧的老椅子，是我的错。”然后，他一副担心的样子：“但是，我的朋友，你脚跛了！”

“有一点儿，但是不严重。”

这时，夏尔从过道回来，关上他的手机。他看到凯列班样子怪怪地弯着腰，手里还拿着那只破瓶子：“发生什么啦？”

“我把瓶子打碎了，”凯列班向他说。“雅马邑再也没了。不祥之兆。”

“是的，很大的不祥之兆。我必须毫不耽误到塔布去，”夏尔说。“我母亲不行了。”

斯大林和加里宁

逃跑

一位天使落下来，这肯定是一个朕兆。在克里姆林宫大厅里，人人眼睛盯着窗子，都害怕。斯大林微笑，趁没人瞧着他，朝着大厅角落的一扇小暗门走去。他打开门，进入一个小间。在那里，他脱下华丽的官服，穿上一件旧而磨损的派克，然后拿起一支长猎枪。这样化装成了打鹧鸪的猎人，他回到大厅，朝着通往走廊的那扇大门走。大家都盯着窗子看，没人看见他。最后，他把手放到门把上时，要对他的同志们看上俏皮的最后一眼，他停下一秒钟。这时他的目光与赫鲁晓夫的目光遇上了，赫鲁晓夫喊了起来："是他！你们看他穿了他的衣服吗？他要人家都相信他是个猎人！他把我们撂在困境中不顾了。可是有罪的是他！我们都是受害者！他的受害者！"

斯大林已经在走廊里走远了，赫鲁晓夫捶墙壁，拍桌子，跺地面，脚上穿了没上油的乌克兰大靴子。他鼓动大家也要表示愤怒，立刻，大家高叫、谩骂、顿足、蹦跳、用拳头敲墙和桌子、用椅子拍打地面，以致大厅内回响着一片地狱般的喧闹声。这一番闹腾就像以前他们休息时，聚集在盥洗室，站在彩色绘花陶瓷尿池子前一样。

大家都像以前那样在那里，除了加里宁悄悄地走远了。他憋着可怕的尿急，在克里姆林宫走廊里绕圈子，但是找不到一个小便池，最后出门跑到了马路上。

第七部分

庆祝无意义

摩托车上的
对白

第二天上午将近十一点钟，阿兰跟他的朋友拉蒙和凯列班约好在卢森堡公园附近的博物馆前见面。走出工作室以前，他转身跟照片上的母亲说再见。然后他上了街，走向他停在离家不远处的摩托车。他往上跨时，隐约感觉背后有个人似的。好像玛德兰与他在一起，轻轻地在碰他。

这个幻觉使他感动；好像在向他表示他对女友的那份爱；他启动车子。

然后他听到身后一个声音："我还要跟你说。"

不，不是玛德兰。他听出是母亲的声音。

道路堵塞，他听到："我要肯定你与我之间不存在误会，我们彼此都很理解……"

他不得不刹车。一个行人钻进来穿过马路，转身向他做出威胁的手势。

“我说话坦白。我一直觉得把一个不要求到世界上来的人送到世界上，是很可恶的。”

“我知道，”阿兰说。

“瞧你的周围：就你看到的人中没一个是出于自己的意愿来这里的。当然，我刚才说的话是所有真理中最平凡的真理。那么平凡，又是那么基本，以至大家都视而不见，听而不闻了。”

几分钟里一辆货车和一辆汽车把他夹在中间，他继续他的路程。

“大家都喋喋不休谈人权。闲扯淡！你的存在就不基于什么权利上。即使你自愿要结束自己的生命，这些人权骑士，他们也不会让你这样干。”

红灯在十字路口上空亮起。他停下。马路两边的行人开始朝着对面的人行道走。

母亲继续说：“瞧瞧所有这些人！瞧！你看到的至少有一半长得丑。长得丑，这也属于人权的一部分吗？一辈子长个丑相你知道意味着什么吗？没有片刻的安宁！你的性别也不是你自己选择的。还有你眼睛的颜色。你所处的世纪。你的国家。你的母亲。重要的一切都不是你自己选择的。一个人只对无关紧要的事拥有权利，为它们那就实在没有理由斗争或者写那些什么宣言了！”

车又开动了，母亲的声音温和下来：“你成为现在这个样是因为我软弱。是我的过错。我请你原谅。”

阿兰没有出声，然后他声音平静地说：“你觉得你在什么事上有过错？没有力量阻止我出生？还是没有跟我的人生和解？我的人生幸而还不是太差的。”

她沉默了一会，回答说：“可能你是对的。我在两方面都有过错。”

“请求原谅的应该是我，”阿兰说。“我像一堆牛粪那样落入了你的生活。我把你赶往了美国。”

“别道歉了！我的小傻瓜，你对我的生活知道什么！你允许我叫你傻瓜吗？是的，不要生气，依我看来你是傻瓜。你傻的根源来自哪里你知道吗？你的善良！你可笑的善意！”

他来到了卢森堡公园附近。他停好摩托车。

“不要推托啦，让我请求原谅吧，”他说。“我是个赔不是的人。你们——你与他——把我生出来就是这样的。作为赔不是的人，当我们——你与我——相互原谅时我觉得很幸福。相互原谅不是件美事吗？”

然后，他们朝着博物馆走去。

“相信我，”他说，“你刚才跟我说的事我都同意。一切都同意。你与我一致不是美事吗？我们的联盟不是美事吗？”

“阿兰！阿兰！”一个男人的声音打断他们的对话：

“你瞧我的样子好像从没见过我似的！”

拉蒙
跟阿兰讨论肚脐的时代

是的，是拉蒙。“今天早晨，凯列班的妻子给我打电话，”他对阿兰说。“她说到你们的晚会。我都知道了。夏尔去了塔布。

他母亲不行了。”

“我知道,”阿兰说。“凯列班呢?他在我家的时候，从椅子上掉下来了。”

“她跟我说了。伤得可不轻。据她说走路有困难。痛。现在他睡了。他原来要跟我们一起看夏加尔的。他看不着了。我不也是?我受不了排队等。你瞧!”

他朝慢慢向着博物馆入口往前移的人群做了个手势。

“队排得不算太长,”阿兰说。

“可能不算太长，还是教人没兴致。”

“你来了又走已经有几回啦?”

“已经有三回。其实我到这里不是来看夏加尔的，而是为了看到队伍一星期比一星期排得长，也说明地球上人更多了。你看他们!你以为他们一下子就爱上夏加尔了吗?他们是哪儿都会去的，是什么都会干的，只是为了消磨他们不知用来做什么的时间。他们什么都不懂，因而让人带领着。他们实在是太好带领了。原谅我。我心情不好。昨天我喝多了。我真的喝得太多了。”

“那么你现在要做什么？”

“我们一起在公园里散散步吧！天气晴朗。我知道星期天人比较多一些。但是还可以。你瞧！阳光！”

阿兰没说什么。确实，公园的氛围是平和的。有人在那里跑步，有人路过，草地上有几圈人做着奇怪缓慢的动作，有人在吃冰淇淋，还有人在围栏后面打网球……

“这里，”拉蒙说，“我感觉好些。当然到处存在一致性。但是在这座公园里有较多的一致性。这样你可以保持你的个别性的幻觉。”

“个别性的幻觉……奇怪：几分钟前我有一次奇怪的对话。”

“对话？跟谁？”

“然后肚脐……”

“什么肚脐？”

“我没有跟你说过吗？最近我想肚脐想得很多……”

仿佛有个隐身的导演安排了似的，两个青春少女优雅地露出肚脐从他们身边走过。

拉蒙只能说："是的。"

阿兰说："露着肚脐这样散步是今日的时尚。风行至少十年了。"

"它像其他时尚一样也会过时的。"

"但是不要忘记肚脐的时尚开创了新的千禧年！就像有个人在这个象征性的日子把一张帘子拉开了，它几世纪以来不让我们看到这个基本事实：个别性是一种幻觉！"

"是的，这是毫无疑问的，但是跟肚脐有什么关系呢？"

"在女人性感的身体上有几块黄金地段，我从前一直认为有三块：大腿、臀部、乳房。"

拉蒙想了一想，然后说："没错……"

"然后，有一天，我明白还必须加上第四块：肚脐。"

拉蒙思索片刻后，同意说："是的。可能是。"

阿兰说："大腿、乳房、臀部在每个女人身上都有不同的形状。这三块黄金地段不但令人兴奋，也同时表示一个女人的个别性。你爱的那个人的臀部你不可能弄错。你爱的那个臀部，你在几百个臀部中间一眼就能认出。但是你不可能根据肚脐去识别你爱的那个女人。所有的肚脐都是相似的。”

至少有二十个孩子笑着叫着，跑步向着两个朋友交叉而过。

阿兰继续说：“这四块黄金地段的每一块都表示一条情色信息。我问自己，肚脐跟我们说到的情色信息是什么呢？”一个停顿后他说：“有一件事是明显的：跟大腿、臀部、乳房不一样，肚脐对于有这个肚脐的女人的事什么都不谈，它谈到的不是这个女人的事。”

“它谈到什么呢？”

“胎儿。”

“胎儿，那当然，”拉蒙同意说。

阿兰：“爱情从前是个人的节日，是不可摹仿的节日，其光荣在于唯一性，不接受任何重复性。但是肚脐对重复性不但毫不反抗，而且还号召去重复！在这个千禧年里，我们将在肚脐的标志下生活。在这个标志下，我们大家一个个都是性的士兵，用同样的目光盯着的不是所爱的女人，而是肚皮中央的同一个小圆孔，它代表了一切情色欲念的唯一意义、唯一目标、唯一未来。”

突然一次意料不到的相遇打断了这场对话。在同一条小路上迎面走来的是达德洛。

达德洛
到来

他也喝得很多，睡得很差，现在到卢森堡公园借散步来清醒清醒。拉蒙的出现首先令他尴尬。他邀请他参加鸡尾酒会只是出于礼貌，因为是他找来了两名和气的服务员帮他办酒会。但是由于这个退休者对他再也没有用处，达德洛竟然没想找点时间在酒会上招呼他，欢迎他光临。现在他感到理亏，张开双臂，大叫：“拉蒙！我的朋友！”

拉蒙记得自己跟老同事没有道别就从鸡尾酒会上溜了。但是达德洛响亮的招呼声舒散了他的不安心理；他也张开双臂，喊叫："好哇，我的朋友！"他向他介绍阿兰，热烈邀请他跟他们一起。

达德洛记起也是在这同一座公园里，突然来了灵感，让他编了个可笑的谎言，说自己患了绝症。现在怎么办呢？他说话不能自相矛盾，只得继续装成重病在身的样子。然而，他很快明白毫无必要为此压住自己的好心情，他觉得这么做并不过分为难，因为谈笑风生只会使一个楚楚可怜的病人更加引人注目，更加可钦可佩。

他在拉蒙和拉蒙的朋友面前，交谈时的口吻轻松风趣，说到这座公园已是他最亲切的风景的一部分、他的"乡下"，他这样反复说了几次。他跟他们谈到这些诗人、画家、大臣、国王的雕像。"你们看，"他说，"从前的法国还是一直活着呢！"然后带着温和好玩的嘲讽，他指指法国贵妇人——王后、公主、摄政女王的白色雕像，每个都是竖立在一个大基座上的全身像，高大伟岸。每尊像之间相隔十到十五米，一起形成一个非常大的圆圈，居高临下，下面是一个美丽的水池。

更远处，从四面八方，哗啦啦过来几群孩子进行集合。“啊，这些孩子！你们听到他们的笑声了吗？”达德洛微笑。“今天有个节日，我忘了哪个节日。是什么儿童过的节日。”

突然，他集中注意力：“那边出什么事啦？”

过来一个打猎的人
和一个撒尿的人

从天文馆路过来的一条大道上，一个男人五十岁左右，上唇蓄胡子，穿一件磨损的旧派克，肩扛一支长猎枪，朝着大理石贵妇人绕成的圆圈奔过去。他挥手、尖叫。周围的行人停了下来，瞧着他，惊讶、同情。是的，同情。因为这张留胡子的脸有什么东西很祥和，这使公园的氛围清新，有了一种从古时带过来的田园气息。他教人想起了好色者、乡村的轻狂之徒、冒险家，往往步入中年变得世故后更讨人喜欢。他有乡下人的魅力、男性的善良、民间的土风，人们见了感到震动，向他露出微笑，他也兴高采烈回应。

然后，他不停在跑，朝着一尊雕像的方向举手。人人都朝着他的手势看去，看见另一个人，这人很老，瘦得可怜，留一撮尖尖的山羊胡子，他为了不让好奇的人看到，躲在一尊大理石女像的大基座后面。

“嘿嘿！”猎人说，把枪搁在肩上瞄准，朝着雕像放枪。这是法国王后玛丽·德·美第奇，以她的老、肥、恶、傲慢著称。一枪打掉了她的鼻子，使她显得更老、更恶、更肥、更傲慢，而那个躲在雕像基座后面的老人吓坏了，跑得更远，最后为了躲开好奇者的目光，蹲在奥尔良公爵夫人米兰的瓦伦丁娜后面（那位要美丽多了）。

这声意料不到的枪声，这张削去了鼻子的玛丽·德·美第奇的面孔，起初使那些人发呆；他们不知道如何反应，东张西望，等待信号，好让他们明白这个猎人的行为怎么解释，应该把他定为破坏分子还是恶作剧？应该报以嘘声还是掌声？

猎人好像猜到他们身陷困境，大叫："在法国最著名的公园里撒尿，是禁止的！”然后，他瞧着那一小群人放声大笑，笑得那么开心、自由、天真、憨直、友善、有感染力，四周的人都像松了一口气，也跟着笑。

山羊胡子老人从米兰的瓦伦丁娜雕像后面出来，还在扣裤子前门襟的扣子，满面露出舒心的幸福。

拉蒙也是一脸的好心情：“这个猎人没让你想起什么吗？”他问阿兰。

“当然：夏尔。”

“是的。夏尔跟我们一起。这是他那出戏的最后一幕。”

庆祝
无意义

这时，五十几个孩子从人群中脱离出来，像合唱团那样排成半个圆圈。阿兰朝他们走去，好奇地要看看接下来是什么，达德洛对拉蒙说：“你们看，这里节目很精彩。这两人完美无缺！

肯定是没有工作的演员。失业者。你们看！他们不需要剧院的舞台。一座公园的走道对他们就够了。他们不放弃。他们要演戏。他们为生存奋斗。”然后，他记起了自己的重病，为了让人记得他悲惨的命运，他低声加了一句：“我也是在奋斗。”

“我知道，朋友，我钦佩您的勇气，”拉蒙说，他希望在他不幸时撑他一把，接着说：“达德洛，很久以来我都想跟您说一件事。说无意义的价值。那个时期，我尤其想到您与女人的关系。我那时想跟您谈谈卡格里克。我的好朋友。您不认识他。我知道。那就不谈。现在，无意义在我看来跟那时相比另有一番面目，在一个更强烈、更有启示性的光照下。无意义，我的朋友，这是生存的本质。它到处、永远跟我们形影不离。甚至出现在无人可以看见它的地方：在恐怖时，在血腥斗争时，在大苦大难时。这经常需要勇气在惨烈的条件下把它认出来，直呼其名。然而不但要把它认出来，还应该爱它——这个无意义，应该学习去爱它。这里，在这座公园里，在我们面前，您瞧，我的朋友，它就绝对明显、绝对天真、绝对美丽地存在着。是的，美丽。就像您自己说过的：完美无缺的节目——根本是无用的，孩子们笑——不用知道为什么——不美吗？呼吸吧，达德洛，我的朋友，呼吸我们周围的无意义，它是智慧的钥匙，它是好心情的钥匙……”

恰好在这时刻，在他们面前几米远，蓄胡须男人搂着山羊胡子老人的肩膀，用一种庄严动人的声音向围着他们的人说：“同志们，我的老友以他的荣誉向我发誓，他今后决不会在法国贵族夫人身上撒尿了！”

接着他再一次放声大笑，大家鼓掌、高叫，母亲说：“阿兰，我很高兴在这里和你一起。”然后她的声音转化成一声轻微、安静和温柔的笑。

“你笑了？”阿兰问，因为这是他第一次听到母亲的笑声。

“是的。”

“我也是很高兴，”他说，动了感情。

达德洛则不出一声，拉蒙知道这个人那么斤斤计较伟大的真理，听了他对无意义的赞颂不会开心；他决定对他予以不同的对待：“昨天我看见你们了，您和拉弗朗克。你们两人都很美。”

他观察达德洛的表情，看到这次他的几句话中听多了。这次成功给了他灵感，他立刻来了个主意，想到一个既荒谬又奇妙的谎言，现在他决定把它当作一件礼物，一件送给来日无多的人的礼物："但是要多加小心，当大家看到你们，一切太明白了！"

"明白？什么？"达德洛问，难以掩饰心头的快乐。

"明白你们是情人。不，不要否认，我都懂。不要担心，还没有人口风比我还紧！"

达德洛直视拉蒙的眼睛，那里像一面镜子，映出一个楚楚可怜的病人，样子还是很幸福，毕竟做了一位名女人的男友，他从没碰过她，一下子却成了她的秘密情人。

"亲爱的，我的朋友，"他说，他拥抱拉蒙。然后他走开了，两眼湿润，幸福快乐。

儿童合唱团已经排成一个完美的半圆，指挥是个十岁男孩，穿礼服，手执指挥棒，准备给出信号，让音乐会开幕。但他还是要等待一会儿，因为一辆小敞篷马车，车身漆了红黄双色，由两匹小马驹拉着，滴滴笃笃驶近来。穿破旧派克的蓄胡子男人把他的长猎枪高高举起。赶车的也是个男孩，听命令把车刹住。蓄胡子男人与山羊胡子老人登上车，坐下，最后一次向观众致意，观众兴致勃勃，挥手，这时儿童合唱团开始唱《马赛曲》。

马车启动，顺着卢森堡公园的一条大道，朝着巴黎的马路慢慢驶远去。